PROJET

D'UNE NOUVELLE

ORGANISATION

SOCIALE,

POUR L'EXPLOITATION

DE DEUX THÉATRES

A NANTES.

Par Lange Chiarini,
Artiste du Grand-Théâtre de Nantes.

NANTES,

IMPRIMERIE DE W. BUSSEUIL ET COMP.

1833.

PROJET

D'UNE NOUVELLE

ORGANISATION SOCIALE

POUR L'EXPLOITATION

DU THÉATRE DE NANTES.

La question d'amélioration relative à l'entreprise générale du théâtre, étant une question d'une haute importance, il est donc nécessaire de l'examiner dans ses détails les plus minimes.

Le malaise dans lequel se trouve l'administration présente, est l'effet démontré par la cause du défaut de capacités de cette même administration.

Cette cause doit être développée, et c'est ce que je me propose de faire.

L'autorité veut une société d'artistes dirigée par un maître absolu, pris dans le sein même de l'association; un maître auquel elle puisse imposer son droit administratif, sans être soumise aux restrictions de réserve derrière lesquelles se retranche le gérant. N'est-ce pas exiger l'impossible ?

Comment reconnaître un pouvoir absolu dans le centre d'une société qui dirige en commun les intérêts de chacun ? Comment reconnaître un pouvoir absolu, quand tous les droits sont égaux, quand une seule voix *contre* peut déranger un projet nécessaire au bien de tous ?

Là où sont plusieurs volontés, il ne peut y avoir accord : c'est la position présente de l'administration actuelle, et c'est la position dans laquelle retombera, malgré elle, l'administration à venir.

L'autorité n'a pas examiné d'assez près les entraves qui sont en avant de la direction sociale de Nantes; elle n'a pu se rendre compte des délibérations particulières qui, selon moi, sont les motrices réelles de la désorganisation.

La question d'amour-propre est aussi la plus grave et la plus importante de toutes : c'est l'entrave primordiale qui ruine le fondement de la machine.

Une société dramatique, pour exploiter avec bonheur, ne doit pas délibérer en assemblée sur le répertoire; elle doit avoir dans l'avenir une certitude pécuniaire qui préviendra ses besoins : le positif est le point qui attache, et vers lequel viennent se briser toutes les contestations.

Un point essentiel et qu'il est bon de désigner, c'est qu'il est important qu'un gérant ne prenne pas part aux jeux de la scène. Une administration embrasse dans son ensemble une telle quantité de détails, qu'il reste trop peu de temps à celui qui est bien pénétré de sa tâche pour qu'il puisse en disposer hors de son cabinet.

Voici à peu près quel doit être l'emploi du temps d'un gérant.

1° Deux heures par jour, consacrées à l'examen des répertoires de chaque acteur, pour former les spectacles du mois et prévoir les événements qui peuvent les faires varier; calculer les études et fixer la représentation des pièces nouvelles.

2° Deux heures pour l'inspection de la mise en scène, pour l'ordre à observer dans le cours des répétitions; pour ordonner le placement des décors, l'ensemble des accessoires et pour faire les distributions des pièces nouvelles.

3° Deux heures dans son cabinet, pour y recevoir les réclamations des abonnés, faire les abonnements, répondre aux visiteurs qui le réclament, aux employés qui ont des plaintes à porter, ou des réparations à exiger.

4° Une heure, pour l'examen de la caisse, pour les signatures nécessaires aux mutations pécuniaires.

5° Quatre heures, pour assister à l'ouverture de la porte, inspecter les contrôleurs, ouvreuses de loges et donneurs de contre-marques, veiller aux entre–actes, aux changements de décors.

6° Après le spectacle , employer quelques heures à la lecture des pièces nouvelles qui viennent de Paris, reconnaître celles dont la représentation est possible.

7° Trouver encore du temps, pour toutes les démarches, réclamations, et affaires concernant les intérêts généraux au dehors.

Après ce tracé d'itinéraire, je laisse à penser si un administrateur peut songer à quêter des suffrages sur la scène ? Non.

Il est bien démontré qu'il existe peu de directeurs qui jouent la comédie; j'affirmerais même qu'il n'en existe pas. Et il est facile de prouver, que , dans toutes les opérations dirigées par un directeur-acteur , il y a eu mal aise, et par la suite faillite.

Après avoir donné cet exposé succint comme une introduction à l'organisation nouvelle que je présente, je vais développer les moyens à employer , pour créer une société à la tête de laquelle pourra se placer un gérant absolu.

Section Première.

Des précautions à prendre pour consolider l'entreprise.

Le désorganisateur le plus à redouter dans une association d'artistes, étant, comme je l'ai déjà fait apercevoir, l'amour-propre, il faut éviter avec adresse son contact dangereux dans le centre d'une assemblée.

Il est donc nécessaire que dans ces mêmes assemblées, qui devraient avoir lieu tous les mois, il ne soit parlé que des intérêts pécuniaires, et que la question de répertoire, de distributions de rôles, et toutes contestations relatives à ces objets, soient éludées avec soin.

Tant que les assemblées seront affranchies de ces questions funestes à l'accord général, l'entreprise marchera vers un but prospère, et le chiffre des recettes dépassera l'espérance des sociétaires.

J'ai vu dans nos assemblées la question d'amour-propre étouffer celle de l'intérêt; j'ai vu, pour un misérable rôle, une société dissoute : et bien d'autres exemples que j'exquisserais au besoin à l'appui de ce que j'avance.

S'il y a possibilité d'établir une balance juste dans une réunion d'artistes, il est urgent de distribuer à chacun selon ses œuvres.

On a pu remarquer que dans toutes les troupes en société, les premiers mois sont toujours fructueux. Et pourquoi? C'est que chacun s'impose une tâche, celle de varier le répertoire pour en retirer des résultats satisfaisants.

Pourquoi cette ardeur se ralentit-elle? C'est qu'à la naissance de la société on n'a pas eu le pouvoir d'examiner les charges qui rongent; c'est qu'on n'a pu se rendre compte du vice qui se nourrit dans son sein; je dis vice, les avantages pécuniaires faits à la tête de la troupe au détriment des sociétaires; ou pour m'expliquer plus clairement, les appointements exhorbitants assurés aux Elleviou, premières chanteuses, etc.

Le seul moyen de fermer la bouche aux mécontents, c'est d'établir des avantages égaux ; c'est de créer une société soumise à la puissance d'un directeur absolu. Et voilà comment pourra se pratiquer l'installation d'un directeur absolu dans le centre d'une société :

Après avoir examiné le chiffre des recettes, le directeur pourra établir une troupe en société (*voyez* le tableau ci-après, pages 12 et 13).

D'après l'examen du tableau, on a pu voir que chacun touche selon son *prorata*, une somme proportionnelle de deux tiers. Aucun des sociétaires ne peut élever de contestations de préférences, puisqu'il touche une somme fixe et ne court que la chance d'arriver au tout de son *prorata* si les recettes dépassent les appointements accordés à chacun. Cette garantie sera fixée par l'acte de société.

Voilà le point financier sur lequel se base l'entreprise. Cette formation nouvelle donnant à chacun des émoluments fixes, prend le caractère d'une direction.

Le gérant se présentant partie responsable, doit par les avantages qu'il fait aux sociétaires, devenir maître absolu; et par cette raison, ne prendre en tout ce qui concerne le choix du répertoire ou la distribution des nouveautés, aucun conseil de comité, étant intéressé, pour ne pas y aller de ses capitaux, à conduire son entreprise vers le but le plus favorable à sa consolidation.

Section Deuxième.

Des avantages et des charges réservés au Gérant responsable.

La société placée dans cet ordre, assigne au directeur tous les pouvoirs indéfiniment.

Examinons à présent la position du gérant et les charges de la société à son égard.

Le gérant répond des deux tiers des appointements, quel que soit le chiffre de la recette. Les sociétaires se réservent d'examiner la situation et l'emploi des capitaux.

Si la caisse renferme une somme qui donne aux sociétaires le tout de leur *prorata*, ils le toucheront, sans que le gérant puisse exiger autre chose que ces 4 p. $^{o}/_{o}$ pris sur la recette brute, et portés sur la liste des frais journaliers.

Dans toutes les opérations que fera le gérant, il prélèvera ces 4 p. $^{o}/_{o}$.

Cet intérêt qu'il se trouve avoir dans les recettes, formera ses appointements d'une part, et l'aidera à combler le déficit qui se présenterait dans le partage des deux tiers, si besoin était.

La position du directeur est celle d'un spéculateur qui assure, moyennant une prime de...., les appointements de chacun. Il devra, pour assurer son entreprise, justifier qu'il est comptable d'une somme de quinze mille francs.

Il s'agit de voir maintenant quels seraient les avantages qui surgiraient d'une association formée sous ces auspices.

D'un côté, les sociétaires ayant un fixe, se considéreraient comme placés sous la férule directoriale, sauf les réserves énoncées ci-dessus.

D'un autre côté, le gérant stimulé par les honoraires que lui produiront de fortes recettes, devra développer toutes ses capacités administratives pour, d'une part, trouver dans ces 4 p. $^{0}\!/_{0}$ des appointements raisonnables, et, d'autre part, éviter des non-valeurs, qui absorberaient son avoir.

Voilà, je crois, le seul moyen d'établir une société sur des bases durables, de donner un poids égal à l'association.

Section Troisième.

Des devoirs du Gérant envers la société et l'autorité, et *vice versa.*

L'acte d'association établi en présence et du consentement des autorités, conférera au gérant tous les pouvoirs administratifs sans restriction aucune.

Le gérant sera responsable, ainsi qu'il a été mentionné, des appointements des sociétaires, jusqu'à la concurrence des deux tiers du *prorata* échu à chacun du consentement de tous.

L'autorité ayant conféré les pouvoirs au gérant, ne connaîtra que lui.

Les artistes sociétaires se soumettront par engagement à toutes les délibérations du gérant, bien entendu qu'elles seront prises dans l'intérêt commun.

Le gérant disposera des fonds qui seront en caisse, pourvu qu'il en justifie l'emploi.

Il ne pourra cependant distraire au delà de la somme de deux cents francs, sans le *visa* des semainiers nommés à l'examen de la caisse.

Les semainiers feront les comptes en présence du gérant et du caissier.

Le gérant répondra de tous les abonnements de faveur, s'il n'ont pas été consentis par les semainiers chargés des intérêts de la société.

Les abonnements seront faits, reçus et déposés en caisse, en présence d'un semainier, qui devra se trouver au bureau des abonnements, tous les jours, depuis dix heures du matin jusqu'à deux heures de relevée : passé ce temps, il sera défendu de recevoir aucun argent des abonnés.

La caisse sera ouverte tous les jours, depuis neuf heures du matin jusqu'à trois heures du soir : les jours de spectacle, jusques à quatre heures.

Aucun mémoire ne pourra être soldé, avant que la vérification des fournitures ne soit trouvée exacte, et qu'il ne porte le *visa* des semainiers et du directeur.

Les assemblées générales auront lieu tous les mois, le lendemain du paiement, en présence des sociétaires. Le caissier, les semainiers et le gérant justifieront de l'emploi des capitaux.

L'autorité intimera ses ordres au gérant, qui, par l'acte d'association, les fera exécuter sans que les sociétaires puissent y mettre la moindre opposition.

Les sociétaires n'auront voix délibérative qu'aux assemblées du mois.

Le gérant étant responsable des deux tiers des appointements, aura le droit de prendre toutes les mesures transitives qu'il jugera nécessaires pour consolider l'entreprise.

S'il est nécessaire, pour une pièce nouvelle, de faire des décors, accessoires ou costumes, il ne prendra conseil que de lui : son intérêt étant attaché à ce que les représentations des ouvrages nouveaux soient fructueuses.

Le gérant sera absolu dans la distribution des pièces nouvelles : les engagements de chaque sociétaire portant cette clause spéciale, que *les pièces qui n'auront pas un an de date, seront distribuées par le gérant, sans avoir égard aux emplois.*

Chaque signataire de l'acte social devra à l'administration, dans l'interêt de tous, six rôles de complaisance par année.

Les sociétaires qui auront des réclamations à faire, ou des débats d'amour-propre à faire connaître, devront s'en référer au gérant; mais jamais en présence de la troupe et principalement sur le théâtre.

L'autorité donnera au gérant le pouvoir de faire tout les changements qu'il jugera nécessaire dans le matériel du théâtre.

Le gérant aura le droit de se faire présenter toutes les décorations que renferment les magasins, pour en tirer parti en temps et lieu, ou pour faire raffraîchir celles qui en auraient besoin.

Les passe-partout de communication du théâtre dans la salle seront retirés à tous ceux qui en seront porteurs. Un homme sera placé à la porte de communication, et n'ouvrira qu'au employés uniquement.

Un réglement relatif à l'ordre à maintenir au théâtre sera présenté, signé par tous les sociétaires et employés, et sera affiché dans toutes les loges et places les plus apparentes du héâtre ; lequel réglement sera exécuté ponctuellement dans tous ses articles.

Les amendes perçues des contraventions au réglement, seront versées dans une caisse à part, et seront employées en gratification à répartir sur chaque sociétaire ou employé qui méritera bien de l'administration.

Voilà l'aperçu général des considérants à observer pour établir la société précitée : l'association formée sous ces auspices ne peut qu'arriver à bien et se maintenir longt-temps d'accord.

Je viens d'énoncer les mesures à prendre pour réorganiser l'entreprise du théâtre de Nantes, et lui donner tout le caractère d'une direction sans l'être par le fait, puisque l'acte de société rend chaque signataire solidaire pour l'autre.

Il s'agit maintenant de développer les ressources qui peuvent naître de l'emploi des capitaux bien dirigés

Section Quatrième.

Marche à suivre pour l'emploi des capitaux.

L'abus du partage par quinzaine doit être corrigé, et j'en vais déduire les raisons.

Tout devant se ressentir de l'impulsion nouvelle que doit prendre l'administration, et voulant mériter la confiance que je réclâme, voici, dans l'intérêt commun, la direction à donner aux capitaux :

Les abonnements à l'année par semestre ou trimestre, abonnements mensuels, de faveur, recettes journalières, subvention : tout serait déposé à la banque. L'intérêt produit par la mutation de ces fonds couvrirait quelques frais.

Le partage n'aurait lieu que tous les mois. Encore, en supposant que la recette dépasse la garantie des deux tiers, les sociétaires ne pourraient prétendre au surplus, qui devra toujours servir de cautionnement pour le déficit à venir.

L'année révolue, si les recettes ont dépassé les espérances

des sociétaires, la masse noire sera partagée toujours au *pro-rata*, sans que le gérant puisse y prétendre en rien.

Les sommes déposées à la banque ne seront retirées que par dixième. Les recettes journalières seulement sortiront toutes de la banque, chaque fin de mois, pour former les appointements mensuels des sociétaires.

L'argent ne pourra être retiré de la banque que sur un mandat signé des semainiers, visé par le caissier et approuvé par le directeur.

Si je réclame contre le partage par quinzaine, c'est que le caissier devant toujours justifier de la présence de ses capitaux, il en résulte que l'argent demeure en caisse sans produire le moindre intérêt; au lieu que le partage mensuel donnerait au gérant les moyens de faire cumuler les capitaux.

Il serait urgent d'employer cette mesure; car une autre marche serait abusive, en ce sens, que j'ai vu dans le cours de notre association, les artistes sociétaires fondre, du consentement commun, un trimestre d'abonnement dans un seul partage, et se trouver horriblement gêné en attendant l'autre trimestre : ce qui ne fût pas arrivé, si le partage eût été établi d'une manière plus prudente.

Je crois avoir embrassé, par cet examen, l'administration dans tous ses détails, et je souhaite que ce travail consciencieux puisse éclairer l'autorité sur le choix à faire d'un administra-teur capable de comprendre et d'exécuter ce projet dans toutes ses parties.

TABLEAUX

DES DÉPENSES ET RECETTES

ANNUELLES

DE DEUX THÉATRES.

ORCHESTRE.

Chef d'orchestre............................ *fr.*	3oo
Deuxième Chef d'orchestre.................	15o
Six premiers Violons.......................	4oo
Six deuxièmes Violons.....................	35o
Quatre Altos...............................	15o
Quatre Violoncelles........................	3oo
Deux Contre-basses........................	8o
Deux Cors.................................	15o
Deux Flûtes...............................	15o
Deux Hautbois............................	15o
Deux Bassons	15o
Deux Trombonnes	1oo
Deux Trompettes..........................	4o
Un Ophicléïde.............	4o
Timballier...........	2o
Deux Clarinettes	15o

TOTAL par mois .... *fr.* 2,68o

TOTAL pour l'année........ *fr.* 32,16o

On peut économiser sur cette formation d'orchestre, mais il faut
compter sur cette somme. L'intérêt du gérant étant de monter l'administration sur un pied de premier ordre.

TROUPE D'OPÉRA.

	PRORATA.	GARANTIE.
Premier Tenor..................... *fr.*	1200	*fr.* 800
Deuxième Tenor, Gavaudan.......	350	233
Troisième Tenor, haute-contre....	400	264
Quatrième Tenor, Colinet........	250	183
Cinquième Tenor, petit amoureux..	150	100
Bariton, Martin.................	900	600
Première Basse, concordant.......	900	600
Deuxième Basse.................	600	400
Troisième Basse.................	400	264
Quatrième Basse.................	200	116
Premier Trial..................	300	200
Deuxième Trial.................	150	100
Laruette......................	250	183
Rôles de convenances...........	150	100
Première Chanteuse.............	1200	800
Deuxième Chanteuse.............	600	400
Troisième Chanteuse............	400	264
Mère Dugazon.................	300	200
Première Dugazon..............	500	331
Deuxième Dugazon.............	300	200
Troisième Dugazon.............	150	100
Première Duègne	200	116
Deuxième Duègne.............	150	100
Utilité	150	100
Totaux par mois........... *fr.*	10,150	*fr.* 6,754

Total garanti pour l'année................ *fr.* 81,048

TROUPE DE COMÉDIE.

	PRORATA.	GARANTIE.
Premier Rôle .... *fr.*	600	*fr.* 400
Premier Amoureux..............	400	264
Troisième Rôle..................	300	200
Deuxième Amoureux.............	300	200
Premier Comique................	500	331
Deuxième Comique..............	300	200
Père-Noble......................	300	200
Financier	400	264
Rôles de convenances.....	150	100
Premier Rôle...................	600	400
Première Amoureuse.............	300	200
Deuxième Amoureuse...........	200	116
Soubrette	200	116
Mère-Noble, fort premier Rôle....	400	264
Caractère	200	116
Duègne........................	200	116
Rôles de convenances...........	150	100
Totaux par mois.......... *fr.* 5,500		*fr.* 3,587
Total garanti pour l'année......		*fr.* 42,044

FRAIS ORDINAIRES, ET PETITS EMPLOYÉS.

Quatre Garçons de théâtre............. *fr.*	200
Deux Machinistes....................	200
Quatre Servants	10o
Contrôles	200
Ouvreuses de loges................., ...	100
Concierge..........................	100
Peintre	100
Caissier...........................	200
Frais inconnus......................	150
Luminaire..........................	1800
Affiches et billets	450
Quinze hommes des Chœurs	1200
Quinze femmes des Chœurs..........	900
Total par mois .... *fr.*	5,700
Total pour l'année........	68,400

ACHATS, VOYAGES ET REMPLACEMENTS.

Remplacements.................... *fr.*	6,000
Voyages...........................	3,000
Achats de partitions................	2,000
Frais de peinture, décors, accessoires.	4,000
Total.............. *fr.*	15,000

Cette note est celle des dépenses prévues et imprévues, il se peut qu'il y ait là économie.

Les achats étant la propriété de la Société, doivent être vendus à chaque fin d'année, au plus offrant ; et produire une rentrée de capitaux reversibles dans la caisse, au profit des sociétaires.

MANIÈRE D'EXPLOITER LES DEUX THÉATRES AVEC SUCCÈS.

Le Grand-Théâtre jouera le dimanche, le mardi, le jeudi et le vendredi. Le gérant, par son prospectus, se réservera le droit de pouvoir donner un dimanche par mois, abonnement généralement suspendu : les abonnés à l'année conservant seuls leur droit d'entrée. Le directeur pourra, les jours de ces représentations extraordinaires, disposer des loges des abonnés mensuels, s'ils ne les ont pas fait retenir dès la veille de ces mêmes représentations. Si je propose cette marche à suivre, c'est que le gérant, dans ces douze représentations d'abonnements suspendus, trouvera un bénéfice réel de douze mille francs.

Le Petit-Théâtre ouvrira trois dimanches dans le mois, et les lundi, mercredi et samedi de chaque semaine. Ces deux entreprises combinées avec art, seraient très-productives pour les exploitants.

RECETTES DES DEUX THÉATRES.

	GRAND THÉATRE.	PETIT THÉATRE.
Dimanche.............. *fr.*	1200	*fr.* 400
Lundi..................	»	300
Mardi.................	400	»
Mercredi..............	»	230
Jeudi.................	600	»
Vendredi (nouveauté)....	300	»
Samedi................	»	250
Dimanche	1300	»
Lundi.........	»	500
Mardi.................	300	»
Mercredi (nouveauté)....	»	300
Jeudi.................	500	»
Vendredi..............	200	»
Samedi................	»	200
Dimanche	1200	400
Lundi.................	»	300
Mardi.................	300	»
Mercredi..............	»	200
Jeudi (nouveauté)........	500	»
Vendredi..............	200	»
Samedi (nouveauté)......	»	250
Dimanche (abon^t suspendu)	2000	»
Lundi.....	»	300
Mardi.................	400	»
Mercredi..............	»	200
Jeudi	300	»
Vendredi..............	200	»
Samedi................	»	200
Dimanche	1200	400
Lundi.................	»	300
	11,100	4,730

ToTAL par mois......... *fr.* 15,830

ToTAL pour l'année..... *fr.* 189,930

RÉCAPITULATION.

DÉPENSES.

Orchestre............................... *fr.*	32,160	
Opéra, appointements garantis.......	81,048	
Comédie, *idem*	42,044	
Frais ordinaires et petits employés...	68,400	248,252
Achats, voyages et remplacements...	15,000	
Appointements présumés du gérant...	9,600	

RECETTES.

Bureaux........................... *fr.*	189,930	
Abonnements........................	36,000	
Subvention.........................	15,000	
Bals aux deux théâtres..............	9,000	252,330
Loyer de deux cafés.....	900	
Droits divers à prélever............	1,500	
RESTE en caisse, à la fin de l'année *fr.*	4,078	

Ainsi tous frais ordinaires, extraordinaires, les deux tiers garantis, les 4 p. % payés, laisseraient encore en masse, une somme de 4,078 fr., qui, jointe à la vente des achats, pourrait monter jusqu'à cinq ou six mille francs, à partager en sus des deux tiers garantis.

Nota. Il est bon de faire observer que les appointements de la troupe, de l'orchestre, et les frais journaliers surtout, sont cotés très-hauts.

Lange Chiarini.

IMPRIMERIE DE W. BUSSEUIL ET COMP.